KB202891

달팽이 시인

달팽이 시인

김공호 시집

40

시와정신시인선

시와정신사

이 시집이 걸어오기까지

그동안 곁에서 늘 고생하며 많이 애써준 아내 윤복희 님과 언제나 보고 싶은 하늘나라 부모님, 그리고 어릴 적부터 나를 희생하면서 저를 키워주신 누님 분들께 한없는 고마운 마음을 드리오며 이 책을 헌납해 올립니다.

그리고 우리 집 작은 둥지에서 소중한 알로 태어나 밝고 맑게 자라준 형도, 지미, 형주 부부와 손자들에게도 고마운 마음을 전합니다.

■

시인의 말

봄이
눈꽃 위에 덮여 있다

지구별을 찾아 걸어오다가, 한참을 걸어오다가
때아닌
난기류에 휘말리고서
봄 동산에, 코로나와 함께 잠시 눈꽃 되어
너와 나
한恨 속에 파묻혀 있다

복수초도 잠깐 눈을 감고
매화도 산 능선에서 서성거리다 꽃봉오리로 살짝 눈을 감고 있다
강물도 설레다 출렁거리다 저만치 살얼음으로
3월의 낮은 그곳에
주저앉았다

못다 한 말들
잊힌 사연들

산과 들에

머지않아 초록빛 새싹, 고사리 들꽃으로 한없이 피어나겠지

꿈틀거리는 설렘
꿈 갖고 달려오는 바람이, 모든 것들에
가슴 뭉클하다

2022. 봄
김 공 호

산

산 山 너머 산
아득히 머-언 靑山을 바라본다
산 山
산 너머 또 산, 太山
산은
산을 등에 걸머메고
산에
산의 손을 붙들고
아득히 먼 산속의 산길을 찾아간다
험준한 고개 또 한 고개 未知의 산길 넘어 능선 넘어 숲길 넘어
개천을 밟아 넘어
어제 가고, 오늘 가고
내일 또 간다

산은
산속의 靑山 바라보며
산등성 넘어, 개천 넘어 가시밭길 산길 찾아
가던 길을 묵묵히 간다

산은

또 한 고개
한 고개를 안고, 데리고 손잡고 넘으며
산 데리고

산길 찾아
먼 길 물으며

가던 길을 묵묵히 찾아간다

차 례

___ 제2부

제3부

제1부

빙떡꽃

쟁반 위에 빙떡꽃이 활짝 폈다

홀로 핀 할머니 손등 꽃
계단*을 오르다가 잠시 앉아 쉬고 있는 바람오름꽃집 카페에서 빙떡을 먹는다
철이 들어야
철없이 먹을 수 있는 빙떡꽃
차향과 눈웃음에
소담을 돌돌 말며 먹는
아직도 생장점을 잃지 않은 할머니의 손금을 먹는다

무 한 생애가 그 안에 돌돌 말리고, 할머니 어릴 적 봉선화 물든 손등에서 평생 흘러온 한탄강 그 물줄기 따라 만나야 할 시간과 만나지 말아야 할 시간들이 돌돌 말리고, 하고 싶은 말과 하지 말아야 할 말들이 돌돌 말리고 애써 지어보는 할머니 미소마저 돌돌 말려버린 빙떡을 서울에서 온 까만 눈 오뚝한 코의 새색시가 먹는다

계단을 오르다가, 오르다가 잠시 앉아 바라보고 있는

바다를 넘어온 이국의 발자국들

메밀꽃 차향 흘러가는 창밖
파도 소리가 읽어 주는 한 생의 애환哀歡을 먹는다

* 계단: 서귀포 정방폭포 계단

아래아

수박씨 같은 아래아가 할머니 입가로부터 내게 달려온다
ᄒᆞᆫ디들엉 ᄇᆞ레보멍 ᄉᆞᆯ아야주*

하늘과 땅 사이

아래아는
마음과 마음을 잇는 생生의 구름다리

그 옛날
아리랑으로부터 랩송이 달려오기까지
수많은 얼굴들이 걸어온 발자국

여름날 가문* 조粟밭에서 김을 매다 팽나무 아래에서 더위를 식히며 내게 던져 준 할머니의 수박씨 같은 말씨(ㆍ)
인자人의 머리가 한 점으로 조아린다

어느 날
아래아는 한 점의 알로 태어나 미생未生*으로 걸어가다 바람 불어오는 둥지에 알을 낳고 먹이를 물어다 주다 한순

간 등 굽은 삭정 되어 한 점으로 귀천하는 생生의 원점이다

* ᄒᆞᆫ디들엉 ᄇᆞ레보멍 ᄉᆞᆯ아야주: 한데 모여 서로 자주 얼굴 보며 살아야지의 제주 말
* 가문: 비가 오래 안 와 토양이 매우 마른 상태
* 미생未生: 아직 완전 살아있지 않은 상태

몽당연필

오늘의 일기도는
흐림, 맑음, 비 온 후 개임? 너울춤을 추는 등압선의 파동이 짧다
고층에서 불어오는 먼로바람
그 세勢가 높다
어제까지
깎여온 길이가 길다
하룻밤에 다 잴 수 없는 길
너와 나의
깎고 깎이며 걸어온 날들
인제는 자리를 내놓아야 한다
생각의 거리를 잰다
언젠가 정리하고 돌아갈 시간
중심에 박혀 흐트러지지 않은 심은 그냥 그 자리에 남아 있다

하나의 씨앗에서 움을 튀어 초록의 성장한 나무가 되었고 숲이 되었고 새들이 날아와 앉아 즐겁게 재잘거렸다
그간

비바람 천둥 몇백 번

그러나
오늘은 몽당연필이 되었다

찰칵!
숲속 바람이 와 흔들어대는 푸른 정년停年, 그날의
새들의 보금자리 그때가 더 좋았다

빛나는

말은 빛이다 그대가 던져준 말

어둠 한 조각 빛을 찾아 헤매는
온종일 기다리던 빛

나의 몸속에, 너의 아침 햇살이 달려와 손짓하는 밀어

여름날 밤 바람 부는 야산에서 뿔소똥구리가 마음과 마음을 읽으며 작게 또는 크게, 이곳저곳으로 소똥 구슬을 굴려가는 몸짓

때론, 풀숲에 숨어 있는 수박처럼 지나가는 풀 파도에 한 순간 살짝 얼굴을 드러내는 진실한 너의 마음

적을수록 빛나는
나를 움트게 하는, 어젯밤 다하지 못한 말

온종일 기다려지는 빛 그대가 던져 주는 말

구름

구름은 어디 있다 오는가?
하늘과 구름 사이
바람 생기면
어두운 먹구름 한 조각
우리 가는 길 위에 뿌려지겠지요
때론
풍랑에 뒤집힌 돛단배처럼
비바람 몰고 와
한순간 우리의 길 위에 뿌려지겠지요
구름과 구름 사이 이름 모를 천둥구름 피어나면
말 못할 사연
갈 길 몰라 헤매는 파도처럼
먼바다에서
거친 물결만이 밀려오겠지요
그 맑은 날
하늘과 구름 사이 양떼구름 밀려오면
한 무리
하늘 높이 멀리 떠서, 밝은 햇살 안고
푸른 강물 위로

내게 달려오겠지요
들녘에 돋아난 민들레처럼
때론, 꽃 피어 하늘로
꽃씨들 하늘하늘 띄워올리는 새 꿈의 조각구름 피어나겠지요
하늘과 구름 사이 봄날 열리면
낮이 가장 길어지는 날에
높쌘구름 한 조각
하늘 멀리멀리 띄워 날리며, 낯선 세상 구경하면서
남녘 날아가는 철새들처럼
꿈 펴 하늘로
새 꿈 높이 띄워올리는
한 조각 햇살 안은 높쌘구름 되겠지요

어떤 종이

길가에 드러누운 종이 한 장을 줍는다

간밤에 노숙했던 종이

밤바람에 날려가다가
갈 길 몰라 헤매던 종이

종이는
종이를 주우며

발길을 돌린다

종이는 종이를 분석하고 새로운 종이를 고려하고 어떤 종이를 목표하고 내일의 종이를 구상한다
젊음을 채용하고
파격과 혁신을 명령하고
경로의 분석을 한다

종이는
오늘을 바꿔 품질을 높이고

모양과 색깔을 바꿔 거리의 등급을 맡긴다

무게와 삶에
눈의 눈금을 잰다

종이는 종이에게 종이를 주며 종이를 산다

길가에 버려진 종이가 눈을 감으면 폐지가 되고 기능을 바꾸면 박스가 되고 생각을 바꾸면 누구의 고급 선물이 된다

버려진 종이가
오늘을 바꾸는 종이

드넓은 세계世界에 달려가는 수어手語처럼
너와 나의 꿈을 전달하는

종이는 종이에게 종이를 주며 종이를 산다

섬

그녀는 섬이었다, 늘 나의 마음을 파도치게 하는 섬
해 질 녘 어선의 등대처럼
대양에 우뚝 솟아올라 나의 갈 길 밝힌다
시선을 놓을 수 없어서
늘 하얀 파도를 물고 내게 다가서는
그러나 섬은 언제나 묵언으로
온종일 나를 기다린다
섬은
먼바다에서
지금까지 걸어온 등고선의 높이를 헤아린다
때론 집어등에 불을 켜 놓고, 부딪히는 바닷바람 소리와 함께
바다 위 바위처럼
늘 기다리는
묵언의 산을 만든다
나는, 오늘도 산을 오른다
그곳에 섬이 있어
섬 속 눈 내린 능선 위 사슴이 걸어간 발자국처럼 지나온

한 발자국 한 발자국을 깊이 묻혀 가면서 거친 하루를 걸어
간다

쉰 즈음에

밤 사이 새 한 마리가 누구한테 뜯겼다.

후박나무 가시 숲 아래 털만이 가득하다. 주인 없는 바람은 호수 주변 텅 빈 길가에 털만을 가득 나뒹굴게 하고 있다. 이별이란 단어를 아는지 모르는지 3월의 봄 동산은 하얀 목련의 꽃봉오리들을 호수 주변 이곳저곳에 띄우고 있다. 어디선가 새로운 바람이 불어온다. 나는 한갓 나그네였고 누구의 주인은 되지 못하였다. 쉰 즈음에,

새로운 포인트를 찾아
짐을 옮긴다.

지난주에는 꽝을 쳤지 않은가? 저 멀리 수면의 파장들이 사라지면서 무언가 변화될 게 있어, 기다려 보자
밖은 여전히 차다.

나는 또 한 번 채비를 던진다.
새로운 수상 수초 섬 등을 향해

그러나,

지금 몇 시예요?

쉼표,

오늘의 샘, 물줄기가
어딘가로 흘러가고 있다

새경배리다* 창가에 앉아 잠시 머무는 곳

감나무 가지에 날아와 앉은 까치 한 마리

허공에
동영상을 걸어둔다

지금은
못갖춘마디 쉼표로 화음을 내는 샘

샘도, 가끔 가뭄이 들 때면
연못가 어린아이들처럼 개울물 찾아 한순간 물장구치며
오늘 쉼표로
잠깐 앉았다 가겠지

뒤뜰 언덕에 올라앉아, 옆을 새경배리다

또 한 번 날아가야 될

먼 산을
본다

* 새경배리다: 한곳을 보며 가다 그 외 다른 곳을 살짝 눈여겨보다의 제주 말

주인 잃은 모자

누가 그냥 놓고 갔을까 하얀 벙거지, 안덕면 화순 곶자왈
숲속 보리수나무 가지 위
주인 잃은 모자 하나 걸려 있다

잎 떨군 가지마다
빨간 열매들만 매달려 있다

아침부터
낯선 가을비가

나뭇잎을 하나둘씩 떨어뜨리고 있다

내게도
아픈 추억이 있다
25년 전
천년의 안가에 어머님 모셔 놓고
발길 돌려야 했던
그 순간,

비바람은
달려와 어서 가자 그러는데

가지 끝에서
뚝, 뚝, 떨어지는 물방울들……

아까시꽃

5월의 젊은 날에

피고
또 지는, 망우계곡 아까시꽃

초록 파도 저 건너편
점점이 소복 입고 계곡 위로 올라온다

한때 밝은 처녀 꽃
못다 핀 몇 송이들 남겨두고 가야 하는
망우산 길가 나뒹구는
어미 꽃

망우계곡 처녀 김 씨 묘* 그 위로 남몰래 휘날리는
하현달 같은 아까시꽃

죽비로 나를 내리치는
또 내리치는

내 몸 같은
하현달

* 처녀 김 씨 묘: 처녀로 자녀들을 남겨두고 서울 망우산 공동묘지에 안장되어 있다는 전설의 묘

집 한 채

중학교 시절, 친구와 둘이서 걷던 들길

띠로 만든 집* 한 채를 바라본다 제주 중산간 목장 길 옆 띠밭 지상 70cm 위 바람에 흔들리는 집이 있다, 띠 한 잎으로 지어진 세모꼴 마름모 형태 천당의 집 그 안이 궁금하다 거기에 사는 주인은 누구일까? 띠 바다에 파도가 일렁인다 잠시 가던 발길 바닷속으로 잠긴다 머뭇거리다 그 집 문을 열고 들어선다 순간 수많은 새끼 거미들 어미를 뜯어먹으며 그 안을 돌아다니고 있다 빈 껍데기로 나를 바라보는 어미의 얼굴

집이 흔들린다

집에 돌아와 저녁 오기를 기다린다

그제야 밭에서 일하다 돌아와 아궁이 환하게 지피는 늙은 어머니의 뒷모습

* 띠집: 제주 중산간 산야에 자라는 다년생 벼과 식물로 띠(방명:새)에 지어진 세모꼴 마름모 형태 거미의 집

거지덩굴

너와 나의 꿈을
제3의 별로 실어 나르는 이동통신 전신주의 거지덩굴
어젯밤 사이
싹둑 잘라 허공에 매달려 있다.

바람에 춤을 춘다.

신비하다.
잘린 청춘

한순간
넘어졌다.

무슨 사연으로?

난해하다, 하루살이처럼

거미줄처럼 얽힌 거지덩굴이 자기 자리를 지키며 살아간다는 것이 얼마나 힘든 일인가? 도심 주택가 한복판 길가,

평생의 시간을 거지덩굴로 뿌리내리며 살아왔다. 매년 희망의 싹도 피웠다. 꽃도 피웠다. 가는 줄기를 하늘로 뻗치며, 그러나 오늘은 발 정강이 아래로 덩그렁 잘렸다. 가랑이 사이로 찬 바람이 지나간다. 한때는 새들도 날아와 잠깐 오수를 즐기는 쉼터였다. 현실의 벽은 너무 두꺼웠다. 할 말이 없다. 전정가위가 무섭다.

건너편 거지덩굴도
바람이 불 때면 나와 함께 군무를 이루어 거지 춤을 추었다.

오늘이 있을 때,
하루를 선사받을 때

그때가 좋았다.

집을 나설 때, 눈높이 없이
주면 받아먹을 때 그때가 좋았다.

달고기

1
바다에서 참돔을 낚는다
초승달을 낚는다
올라온 것은 잔챙이다
기다린다

또 기다린다

그러나 올라온 것은 잡어다
기다린다

한순간
찌가 물속으로 쑥 빨려 들어간다 힘껏 끌어당긴다 이번에 올라온 것은 달고기*다

2
서울의 바다
현관에서 초인종을 누른다
귀를 쫑긋 세우며 누구세요? 하며 버튼을 누른다, 얼굴을

보인 것은 시골에서 올라온 시아버지 달고기다

어떻게 할까?

놓아줄까?

3
초등학교 바다
손자가 들어가 입질을 한다
축하금을 보낸다 어신이 없다 서울 하늘을 바라보며 기다린다 또 기다린다
파도만 일렁인다

벚꽃이 필 즈음

손자가 하교하며
할아버지에게 이모티콘을 날린다

저 학교 끝났어요

집으로 가요

이번엔
참돔이다

잔챙이를 생각한다

어신을 생각한다

돌돔의 입질을 생각한다

또 한 번
어구를 정리한다

지난번 낚인 달고기를 생각한다

* 달고기: 달고기과의 바닷물고기로 몸 옆 가운데 둥근 반점이 달처럼 생긴 물고기.

달팽이 시인

오늘도
더듬이 하나로 캄캄한 세상을 짚어나가는 시인
어두운 곳을 향해
이 밤
머리를 돌린다
갈 길이 막막한데도 가지 않으면
시를 쓸 수 없기에
온몸으로
풀숲을 헤쳐나가며 대지에 시를 쓴다
별 하나
보이지 않은 이 밤
혼자 기어가면서
꾸불꾸불
끊어질 듯 끊어질 듯 잎과 잎들을 이어가면서
남모를 시어를 풀잎에 남기며 간다

홀로 걸어간 뒤
한 줄의 시어들이 작은 풀잎 가에 걸앉아

밝은
내일의 삶을

움 틔우고 있다

제2부

아가판서스
-J 시인 기일에 핀

108번 번뇌하며 살아가는 중문동 광명사

바위 틈
아가판서스꽃 피었다

밤에도
남국 노인성처럼 피워올라 찾아온 달들 쳐다본다

긴 줄기, 이파리 겨드랑이 속을 따라가 보면 어둠의 잔설殘雪도 보인다 후원後苑에서 기도하는 사모師母의 정좌도 보인다 찾아온 달들 곁에 선 소나무, 어깨에 매달린 하늘타리의 어린 열매들도 보인다 나뭇가지 위 걸터앉아 잠깐 쉬며 바라보는 마파람도 보인다 도량을 따라가다 보면 돌아온 제비처럼 처마 끝 난간에 한 줄로 앉아 둥지의 소담을 나누는 빈방의 달들도 보인다

초원에 서 있는 목이 긴 기린같이

한 줄기 무리 지어 오롯이 피어난

허공의 작은 꽃들

어느 날 득도인가

광명사 벼랑에 날아와 앉아 피어 있는, 청자색 아가판서스꽃

정좌靜坐,
참선으로 바라보는

장콜레비

산 등허리에 눈이 내린다. 연못가 가시나무숲, 잎 다 떨군 보리수나무 가시에 찔려 죽은 장콜레비* 있다. 수액이 다 빠져나간 조금 비틀어진 채로 흑점의 하얀 배를 살짝 허공에 내보이고 있다. 평소 나무 타기를 동경하던 눈도 살짝 감긴 채 몸은 "ㄱ" 자로 축 늘어져 있다.

연못 위로 추억을 읽는 물결의 나이테가 오늘을 건너가고 있다.

불어오는 하늬바람 속
여름 날
그렇게 파랗던 연못도,
구석진 언저리를 자주 찾던 갈색 소도,
어느 날 천상으로 날아왔던 황새목 왜가리도,
허공 날며 수놓던 황금빛 날개잠자리도,

가시可視의 가시에 찔려
사라지고

바람에 떠밀려 가는
몇 그루

떡윤노리나무만이 무리를 지어 잎을 떨군 채
오늘 기도하며
그 자리에 서 있다.

걸어온 발자국이
보이지 않는다.

* 장콜레비: '도마뱀'을 일컫는 제주 방언

산수국

산이 좋아, 산에 사는 그녀
늦가을
산 노루처럼
억새밭 숲속에 숨어 있다가
흘쩍
나를 본다.

남들 꽃 피는 한철
산야 비바람 맞으며 혼자 모질게 보내다가
늦 10월
때아닌
꽃 한 송이 피워낸
배시시 웃으며
바라보는 산수국

하고 싶은 말
한마디

꽃입술 언저리에 매단

산 소녀

함께 지나온 나뭇잎들

1

능금 잎 같은 친구, 친구들

그들은 내 곁을 떠났다

시간과 공간과 고적의 꿈을 함께 먹으며 자란 어릴 적 내 친구들

봄의 길목에서

태양을 쳐다보는 꿈들이 높이에 따라 공간에 따라 시간에 따라 달랐다

서로 다른 모퉁이에서

일찍이

능금나무 가지 새싹으로 피어나 탄소동화작용을 온몸으로 익히며 무한 꿈을 피우던 새싹 친구들

가을 어느 날

낙엽 되어 떠났다

2

뜨거운 여름 별밤, 우리는

밝아오는 태양을 뜰에서 마주 보며, 영글으는 알의 꿈을

밤새
키워나가곤 했었지

바람은 그 이후
소식을 전해주지 않았다

3
산촌에서 우리는, 능금 알들이 잎들에 가려져 남모르던 애환도, 고난도 젊음의 익살도 모른 채 밤낮 없이 자랐다

푸른 하늘 아래
빨갛게 둥글게 둥글어 가는 능금 알

지상으로 가지가 축 늘어질 때쯤

과수원 산야 울타리 그 곁
닭의장풀 꽃들도 여기저기 밖을 보며 붉은 알들과 함께

파란 꿈을 한없이 피워냈었다

그대

철이 바뀌어도 피어 있는 꽃

관음사 언덕바지 한 무덤 곁에 핀
목백일홍 한 송이

꽃은,
만발할수록 그때가 짙어지고
어젯밤 만남처럼
한때 피었다가
밤 넘어가 버리는

단풍잎 한 장에
그날을 싸 보내는 10월

나무는,
인고의 시름을 잎에 싸서 한창 떨구고 있다

간밤에 피워 올린 목화木花로 인해
그대 곁 찾아왔다

그대와 나
경계에 핀

목백일홍 열매 몇 알, 늦가지 매달려 있다

나 혼자, 그대 곁 앉아 있다

시詩

호박넝쿨
한 여름 뙤약볕 아래 까만 돌담을 기어오르고 있다
덩굴손 허공으로 내밀어
시를 쓰고 있다

어느 날
한 마리 벌 날아들어

그 자리
보름달 하나 매달았다

정자나무

가을 하늘이
파랗다

산소 줄 팔랑이며
화사하게 웃는 정자나무
나를 보며
가는 손가락 말 던진다

매미소리 하늘만큼 울려 퍼지던 지난 여름

공사장 작업복에
한라산 소주 한 병, 꿈틀대는 문어 한 마리 검정 비닐 속
넣고 와
술 한 잔 하자던 정자나무

오늘은
미소만 던지는, 잎이 진
작은 나무가 되어 있었다

땡볕 쏟아지는 여름 날

너와 나
등 떠받쳐주던 정자나무

그나마
오늘 또,

당신 미소 볼 수 있어 다행입니다

고추

고추는 청춘이다
작달막한 키 호리호리한 몸매 싱그러운 푸르름 그리고 매움의 젊음, 모두들 환영한다
이때 누가 말한다 어느 식당에서 매우 맛있어서, 그러나 너무 매워 매워서
아, 이거 너무너무 매운데…? 그러자
한 젊은 사장님이 다가와서
아이고 죄송합니다
이 년이 그만 잘 못해서, 너무 매운 놈을 골라 드렸습니다. 정말 죄송합니다, 고
생각나는 고추다

저 푸르름, 젊음이 싱싱하다
한 시절 팔팔 뛴다

제주 동문시장 들어가는 골목
좌판기에 놓인
빛바랜 붉은 고추들
몸통이

약간 찌그러지고 뒤틀어진 채
이리저리
드러누워 있다

한때 날뛰던 저 님들

지나가는 눈目 가랑이 사이로 바람은 그냥 지나간다

옥수수

석양 노을이 들녘에 바람을 타고 밀려오면
나는 외로워진다
긴긴 모가지 남은 잎새 팔락이며
가을 어둠이
발밑에 쳐들어오면
나는 더욱 외로워진다
내 친구 해바라기 해 저무는 길에
말없이
고개 숙이면
까르르 웃으며 밝게 그의 손 잡아 주는
흰머리 길손이 된다

한 여름
황금빛 열매 다 털린, 외로운 수수꽃 하나

하늘나라

억새꽃 천국, 하얀 바다

넘실넘실
파도 물결 출렁인다

산과 들

거기는
거지도 부자도 없는 곳

두 볼에
억새꽃 미소를 머금는, 하늘나라 순진한 아이들

산천에 피어난
즐거워하는 동자, 동자들

어디서
장끼 한 마리 날아와 앉아
까투리 꺼병이 있는 곳 찾아 기어든다

밝은 햇살
살랑거리는 바람, 오름 비탈에 서서

눈웃음치는 맑은 동자 동자들

미생

나, 여기 있음에
그러나 내일은 모른다

가을을 가로질러 날아가는 흑기러기들, 한 편대를 이끌며 남쪽의 겨울 나라로 날아간다

광활한 허공

미지의 곳으로

그들은,

오늘
왜 가야 하는지?

심해 파도를 가로질러 대양의 원천源泉을 찾아가는 연어들, 악어가 출렁이는 거센 강물을 사투로 건너가야 하는 물소들, 깜깜한 어둠의 땅속을 이 밤 몰래 속으로 속으로 찾아 기어 들어가야 하는 토룡들, 집 한 채 등에 걸머메고 넓

은 세상 어디론가 길 찾아 홀로 기어가야 하는 달팽이들 있다

나는,
바둑판 속에 갇힌 미생未生 한 마리

그곳에
몸부림친다

청벚꽃

누구나 개심사開心寺에 가야 볼 수 있다는 청벚꽃
어머니 처녀 적 얼굴 닮은

서산 개심사 큰 바위 입구 돌밭 길 지나 일주문 지나 무량수전 지나 해탈문 지나 가진 것 모두 버려야만 건널 수 있다는 외나무다리를 건너 연못에서 모든 소원의 오염을 씻어야만 만날 수 있다는 청벚꽃을,
텅 빈 도량에서 만날 수 있는

휘어진 소나무 기둥 범종각을 떠받치고
밤에만 피어 있는 연등

둘러싼 산 능선 위로
올올이 투영되어 온 날들

청벚꽃나무 가지 끝에서 용숫바람
소리를 내네

연못 도랑 건너, 5월 꽃 핀 그늘에

텅 빈 채 놓여 있는
낡은 벤치 하나

기다리는

날마다 종이학 한 마리를 바다로 날려보내는
다문화 새댁처럼
늘 파도 소리 들으며 오늘을 기다리는
남흘동 노모처럼
오랜 세월
한자리 버티며 살아가는 팽나무
아침부터 골목에서 걸어 나오는 소문을 가슴으로 반기며 하늬바람을 품어 안는다

깎이고 깎인 300년 세월
낚싯배 타고 잠깐 갔다 온다며 갔다가 끊겨버린 아빠와 이이들 얼굴들, 초등학교 시절 횃불 들고 먹돌세기* 바닷가 손잡고 발 비비며 게와 조개 서돔*을 잡고 해삼 문어 낙지를 잡던 여*와 돌무더기 사이사이 고여있는 발자국들, 아직도 영등물*은 그날처럼 샘물을 바다로 솟구쳐 올리고 있다

입하立夏의 해가 영등물 저 멀리 달아날 즈음

회색의 운지버섯을 온몸에 감싼 팽나무

북쪽을 한없이 바라보다가

어디서 날아왔는지

직박구리 한 쌍이 가지에 앉아 여기저기 쪼며 새싹의 통증을 찾고 있다

* 먹돌세기: 많은 먹돌과 돌빌레로 이루어진 김녕 해안 바닷가
* 서돔: 모래밭에 사는 발자국 같은 납작한 생선
* 여: 해안에서 바닷가 쪽으로 뻗어 나온 바윗돌 지대와 돌섬들
* 영등물: 김녕 해안가 땅속에서 솟아오르는 샘물

고근산

고근산孤根山* 올라
둥근 해가 떠오르는 동녘을 본다

오늘을
내려다본다

밀감 꽃향기, 움직이고 있는 시골길
S자 커브 길, 운명을 갈라 놓는 두 갈래 길

그 길 위
아버지 쟁기 소리, 어머니 호미 자루 있다

고근산
앞 동네 해장국집
밥 한 숟갈 뜨는 소리, 너무나 깊은 그 국물 맛
그 깊이를
잴 수가 없다
그 곁에서
소주 한잔 기울이는 여인도 있다

고근산 둘레길 넓은 벌판

아침부터
낯모른 바퀴들이 어디론가 기어가고 있다

* 孤根山: 서귀포 신시가지에 위치한 자그마한 오름

닫혀오는 창문 앞에서

대학병원 창문 앞
세상의 모든 빛을 받아들이는 망초가 서 있는 텅 빈 주차장 콘크리트 바닥, 끊어진 끈 하나 나뒹굴고 있다 시작과 끝이 없는 여정 속 발길 따라 골목 따라 주인主人 따라 이곳까지 와 있다

과거, 현재, 혼돈의 미래가 공존하는 끈

금세今世의 창문은 닫혀 오는데
시작과 끝점은 서로 쳐다보지를 못한다

바람이 뒹굴으며 스쳐 지나가자

모든 것을 내려놓으시는, 여정旅程 속 어머니의 열린 끈 하나

한참
눈을 떼지 못하는 자식 한 손

어느 돌고래

빙그르르 슬픔이 텅 빈 물속에 떨어진다
먼바다를 그린다
어릴 적
뛰놀던 바다
닫힌
회한이 잠긴다

다시는 돌아갈 수 없는 바다

오늘도
'살아있는 바다를 찾아서' 라는 한화 아쿠아리움 공연 있다

두 손 모아
관중에게 인사한다

눈을,

수천의 눈동자가
돌린다

여러분, 그것 아시죠?

한 번도 찾아갈 수 없는, 갇혀 사는
그리운 산하, 해초 한 포기가 그리워지는 밤입니다

물결이
출렁거린다

그녀는
너울거리는 수면으로 깊숙이 들어갔다가, 또 한 번 하늘 높이 박차 뛰어오른다
공중회전 몇 바퀴를 하고선
잔잔해지는 수면 위 사회대 올라 넓죽이 인사한다
동굴 동굴 한 눈 훤칠한 큰 키 가느다란 허리 한데 모은 두 손 목례 인사마저 하는,
다시금
물속으로 들어간다

그러나,

지금은
침묵의 떠오르는 바다

제3부

새봄, 건네준 선물

새싹 돋아나는 봄, 벚나무 가지 숲 찾아 날아든 들비둘기처럼 딸의 집 나뭇가지에 걸터앉았다.

아침 열고 나간 딸이 들어오면서 건네준 선물

벚꽃 한 송이

가슴 한쪽 달아준다.

갓 부화한 9마리 병아리들 같다.

새싹 눈 입부리 삐죽이 내밀며 서로 날개들 모여 어루만지며 나를 빤히 바라본다. 뽀송뽀송한 얼굴과 까만 눈, 노란 발들 보인다.

방긋 웃으며 문 열고 들어와 앉은 병아리 손자

마디에 걸터앉아

옹알이를 떤다.

저 병아리들

아침, 열고 온 봄

먼 대문 앞 달아나기 전

하늘과 땅 사이

푸른 잔디밭 위로 노란 날갯죽지 길게 펴며 엄마와 함께 포롱포롱 날며

새 꿈 찾아
어디론가 무작정 뛰어갈 거다.

물거미

– 퇴임 후 아버지가 연주하는 생生의 변주곡

법의 관복을 바라보다가
땅에서 물속으로 운명을 바꿔버린 거미
공기주머니를 매달고
물속에 집을 짓고, 물속에 거미줄을 친다
거미는,
가끔 수초를 타고 물 위로 올라와 앉아
살던 땅을 바라보다가
꽁무니에 공기주머니를 달고서는
다시금 물속으로 들어간다

땅에서 물속으로 운명을 바꿔버린 거미

오늘도, 배 위에서 그는
블랙커피 한 잔을 한다
그러고는
또다시
깊은 물속 찾아 들어간다

더듬이 발로
가는 생명줄 당기며

물속 집으로 찾아 들어가는 부정父情

때론
생과 사의 파고波高에서
자기 거미줄에 자기가 걸려 넘어지는

생生의 미움도 있다

아버지의 얼굴

종달새 높이 날며 봄을 알리는 들녘

소를 몰고 밭갈이하다 물 한 사발 마시는 아버지 얼굴, 세워둔 쟁기 뒤로 휘어진 고랑이 길다

이마 너머로 불어오는 동토의 바람 눈 쌓인 초목 지대가 광활하게 펼쳐져 있다 외길로 나 있는 한적한 숲길 초목 암반지대 위로 쌓이는 낙엽들

이마에서 봄이 내려온다

두 동강 나 멈춰 있는 저 백마고지 산등성이를 지나 눈물의 한탄강을 지나 설악 태백준령 산맥을 지나 석굴암 포석정을 지나 낙동강 포구의 들녘에서 소를 몰고 밭갈이하는 보습 같은 등이 휜 아버지

한 개비에 불을 붙인다

지나온 날들이
휘어진 고랑에서 강 포구 물결로 달려가 드넓은 평야 종

달새 소리와 함께 이른 새참의 봄을 여는, 소의 꽁무니에
이랑을 만들고 거친 밭을 일구는 까만 얼굴

아버지 윗도리에 핀 희망의 소금꽃

방점

그녀는 방점을 찍었다 지구별 우진제비오름 들녘에 한 점의 커다란 푸른 방점. 초가을 햇살이 달려온다 객들과 풀잎들에게 따스한 바람의 인사를 한다 설렁거리던 나뭇가지도 잠시 잠잠하다 공중을 선회하며 비행을 하던 까마귀와 잠자리도 삼나무와 풀잎 꼭대기에 앉아 동시 묵언이다

방점 위로 포클레인이 부드러운 흙 몇 삽을 떠 넣는다
일개미들 몇 마리
그 위
올라앉아 곁눈질하며, 손짓으로 푸른 방점의 집을 짓는다

방점이 완성되자
모두
기도를 한다

원점에서

그녀는
이제 천년의 꿈을 꾸게 될 것이다

오늘 밤부터

잔디 풀잎에 투명하고 영롱한 이슬의 동그라미가 만들어 질 것이다, 그리고 그녀는 그 속으로 들어가 지금까지 풀지 못했던 지구별 천년의 꿈을 찬란한 영상으로 재해석해 또 다시 우주 별로 띄워 올릴 것이다

그리하고는

그 자리에

그녀가 걸어온 방점의 의미를 달 것이다

갯것이 식당

하늘나라 정 샘님과 시우詩友들 함께 갔던 갯것이 식당*,
밀물시간의 하얀 파도가 밀려오면 많은 생물들 모여든다
해초 숲 득시글거리는 감태나무 가지에 어랭이 졸락들
식후 잠깐 쉬며 졸고,
파고의 상하를 왔다 갔다 하는 볼락은 새우 잡기에 여념
이 없다
배고픈 전복도
미역 줄기에 앉아 오찬을 먹고 낮잠을 즐긴다

파도가 흘러내리는 갯것이 식당

소라 보말 참게 문어도 썰물로 흐르는 빈 돌 틈을 파고들
며, 갈라진 제주 바다를 보며 앓아눕는다

* 갯것이 식당: 제주시에 위치한 해안 생물들로 요리하는 식당

하늬바람 불어오는 창 밖

지금은 먼나무
잎들이 보이지 않는다
있어야 할 가지에
빨간 열매들만 주렁주렁 매달려 있다

가지 틈 사이로
된바람만 엉성하게 지나간다

잎 진 가지엔, 아픈 기억만 파닥거리고 있다

지금은 한겨울
하늬바람 불어오는 창밖
폭설은
한순간 매섭게 왔다가 뚝! 인도의 길을 끊어 놓는다

지금은
먼나무?

어느 발자국 소리도 들리지 않는다

별이 진
낙엽 진 늦겨울, 깜박이는 불빛?

어떻게 해야 하나?

마늘밭

몇 소쿠리의 씨를 심는다

마늘밭고랑을 꾸부정 꾸부정 걸어가는 할머니, 손에 삼태기를 들고 굽은 등에 걸어가는 밭이랑이 길다 온종일 이랑에 쭈그리고 앉아 손녀와 씨 마늘을 심는다 해 넘는 하루 다리와 허리가 고프다, 늙은 팽나무 아래 앉아 커피를 마신다 어린 손녀가 다가와 말을 건다 "할머니, 네일아트 손 해 줄까? 정말 예쁜데! 젊음이 되살아나는 손" 하고 젊음이 달려온다, 환하게 웃으시는 할머니, 이 손이 너를 탄생시킨 손이야 자갈에 긁히고 호미에 찍히고 보릿고개에 멍든 이 손, 요것이 보배야

손등을 잡은
손녀

그 마디 마디 깊이를 잰다

할머니의 눈 동공 위로, 지금까지 걸어온 은색의 비닐 바다가 출렁거린다

화가

태양이라는 놈은 화가다
아침마다
대지에 꽃과 향기를, 생화를 그려 놓고서
모두의 꿈을
다르게 달아 놓는다
벌 나비도
춤추며 달려오는 모습을 그린다
골마다
꽃 피며 소원이 다르게 달린다
한번
그려 놓은 그림이, 아니면
새 그림으로 바꿔나간다
오늘은
71년 전 태어난 사람을 대지에서 지우고 있다
파란 잔디 옷을 입혀 천국의 동산을 만든다
한번 그림이 완성되고 나면
화가는,
산 너머 구름 속으로 들어가 꿈의 동산을 꿈꾸다가
내일

또다시

세상으로 나와

새로운 그림을 그릴 것이다

알

먼 산보다
봄이 먼저 달려와 앉은 늘 봄 식당
알이
둥지에 익는다
탯줄 같은 긴 주름관이 둥지에 연결돼 있다
빨간 숯불로 태반을 소중히 달구어 놓으면
험한 산고 끝에 태어난
둥근 알탕 하나

나는
그 속에서, 알이 되어
엄마의 고운 음성을 듣는다.

오늘
어머니와 함께 먹는 중식, 엄마의 자궁처럼 아늑하다.

짬을 내어 찾아온
아빠도
때론 꺽지 물고기*가 된다
알을 지키며 지느러미로 산소를 공급해 주는 늘 봄 하천

의 한 어귀

강물로 연결된

주름관을 따라가다 보면

뒤뜰에 남아 있는

엄마의 탯줄과 빈 둥지만 보인다

* 꺽지 물고기: 우리나라 특산 어종으로 5~6월 암놈이 하천 상류에 산란하여 놓으면 수컷이 이를 지키며 자어를 보호하는 종

어리목 산행

산 하나
머리 베고

산 정상에
드러누운다

산도 나도
하나다

산은
지금 낙엽이 한창이다

모두를 가만 놔두지 않은 시간
산은
나를 떨어뜨린다
저마다 살아온 흔적을, 미련을 고뇌를
점점이
툭! 떨어뜨린다

비목나무에 노란 황혼이 질 때

어리목 산허리 돌아 나올 때

풀벌레 울음도 잊은 채, 낯선 채
낙엽은

말없이 진다

그리고 산은
청미래덩굴 열매 하나를 비탈에 떨어뜨린다

참빗살나무도
빛바랜 외투 한 장 그 아래 던진다

산은
괴로워서
외로워서, 슬퍼서
꾸지뽕나무 열매처럼

오늘을

떨어뜨리며 잊히며, 고요히 고요히 익는다

노모老母

오직 산 자만을 이승역까지 실어 나르는 신산공원역 근처, 1년 한 줄기에 딱 한 송이만을 매달아 피워내는 해당화 금년 103번째 송이 꽃을 피웠습니다

꽃은 밤바람에 흔들거립니다

여름 비바람에도 담장 너머 정열적으로 불타오르며 붉게 피어나던 가시 없는 해당화였는데 올해는 빛바랜 짐승처럼 한자리 주저앉아 저녁 달빛에 흔들립니다

어느 날 밤부터인가?

꽃은
제 몸이 지는 줄도 모른 채
멍하니 앉아
빈 하늘만 쳐다봅니다

떠도는 구름처럼
가끔

밤마다
아들 찾는 목소리를 허공에 날려 보냅니다

꽃은
어두워지는 줄도 모른 채

축구공

1

지구가 하늘을 난다

모두가 긴장한다

어데로 날아가 앉을지, 어데로 튕겨나갈지 누구도 모른다

한순간, 사계절이 바뀐다

둥근 것이 골망으로 떨어지고 나면 폭포의 결빙에서 미끄러진 것처럼 모든 것이 허망해진다

꺼내어 발로 찬다

지구는 찬 만큼 날아가 꼬꾸라진다

아프다

슬프다

그러나 말이 없다

2

지구는 둥글어서 좋다

그 안에

들어 있는 허공

꽉 찬 듯하면서 비어 있는 한 공간

만나면
틈이 있어 좋다
그래야
찰 수 있으니까
보내고 싶은 쪽으로
굴러갈 수 있으니까, 날 수 있으니까
누구나
둥그는 거만큼
알맞은 꽉 찬 허공을 원한다
지구는 차는 만큼 날아가 떨어진다
나도 차고
너도 찬다
3자의 생각에 따라
위치에 따라, 시간에 따라, 거리에 따라, 능력에 따라 날아가 앉는 장소가 다르다

지구는 보내고 싶은 쪽으로 굴러가줘서 좋다
땅으로 데굴데굴 기어가서 좋다
때론, 허공으로 날아가줘서 좋다

그리고 굴러가 앉아
기다리고 있다
누구나 가까이,

생각을 바꾸며 누구를 기다린다

구멍난 양말

이제, 양말 한 쪽을 버려야 한다
평생 같이 했던 두 쪽
엄지발가락이 갔던 곳 눈에 잘 띄지 않은 먼 곳에 구멍이 났다
어려운 시절
남대문시장에서 두 켤레에 일만 원 주고 산 양말
새벽부터
발 부르트며
함께 걸어간 시간이 길다
바람 부는 어떤 날
주저앉으며
안 가겠다고 비토하던 면양말
그러나
험준한 산악마저 동행하며 오르고 또 올랐다

아기를 등에 업고 5일장 보러 온
아주머니도 보인다

평소 양처럼 순하면서 남의 흘린 땀을 말없이

감춰주던 면양말

내가 몰랐던 발바닥 먼 곳에
오늘은, 큰 구멍이 났다

또다시
구멍 난 곳을 기워 함께 다닐 수만 있다 하며

나는
기원해 본다

불청객

화순 숲 곶자왈 언덕배기 전망대

숲속 평원 위
갈색 잔디밭

점점이 앉은 들꿩 같은 찔레나무들, 그 곁 드러누운 석화 낀 까만 돌들

그곳에
누가 초청했을까? 목이 깨져 누운 갈색 빈 맥주병들
큰 가시로 눈 밝히는 녹슨 철조망 몇 가락
그리고 불청객인 나

잔디 풀밭에
흩어진 노루 뼈 한 무리 있다

곶자왈 숲 너머, 노루 한 마리

걸어가며
나를 슬쩍 바라본다

마침표

1

어린 새가
길바닥에 떨어져 꿈을 접었다
몸통에는 날갯죽지 깃털 몇 개만 달려 있다
며칠 전 부화한
어미처럼 보호해 주어야 할 바람막이 털도 아직 없다
어젯밤까지 어미가 물어다 주는 고치를 형제들 빼곡빼곡히 받아먹으며 높은 나뭇가지 둥지에 꿈을 피우며 자랐다
이름 모를 날
날개는 원인 모를 강풍으로 꿈을 접어야 했다

길바닥 생
단 한 번도 체험하지 못한 채, 하룻밤 사이

날개는 오늘 접어야 했다

2

해가 바뀌자

꿈이 날아간 자리, 또다시 해와 달이 지구별 풀잎에
새싹을 돋게 한다

또 다른 어떤 날, 처음 만나는 날개들이 서로 눈을 맞추며
새 둥지에 알을 낳는다

봄이 날아간, 7월의 정원에도

태산목 꽃이
피었다

| 해설 |

미지의 공간을 더듬어 가는 달팽이의 촉수

송기한

1. 시쓰기의 이유

김공호 시인은 2017년 『시와정신』 신인 추천 작품상에 당선하여 문단에 등장했다. 따라서 시인의 연륜에 비하면, 그의 등단은 상당히 늦은 편이다. 하지만 그는 2012년부터 이미 〈한라산 문학 동인〉과 〈화요 시 창작 동인〉으로 활동해온 터이기에 시인으로서의 활동은 비교적 오래된 편이라고 할 수 있다. 등단한 시점을 기준으로 정식 문인 취급을 하는 우리의 현실에 비추어보면, 시인은 신인 그룹에 속한다고 할 수 있다.

작품 활동을 비교적 이른 시기에 시작한 경력과, 정식 문인으로서의 짧은 길이라는 시간이 만들어내는 그의 시들에는 그러한 이중적 면을 고스란히 드러내고 있다는 점에서 그 특징적 단면이 드러나는 경우이다. 그의 시들은 시인이라는 감수성과 연륜이 가져오는 삶의 무게가 동시에 감각되는 매우 예외적인 면을 드러내고 있다고 하겠다. 실상 그의 시들은 삶의 여러 지점에서 형성된 서정이 만들어지고 있거니와 그 전략적 주제는 대부분이 존재론적 고민에 대한 것들이다. 이런 단면들은 그의 시들이 여전히 신인의 범주에 놓여 있는 것임을 말해주는 것이라 할 수 있다. 하지만 늦은 등단에도 불구하고 그는 이미 삶의 연륜이 깊이 쌓여 있는 실존적 삶을 겪어왔다. 그렇기에 그의 시에서는 인생의 원숙성과 노련미 또한 어렵지 않게 노정된다. 시인으로서의 출발과 세속적 인간으로서의 원숙성이 만들어내는 이 기묘한 관계야말로 그의 시를 구성하는 주요 근거라 할 수 있을 것이다. 그의 시에서 드러나는 이런 면들은 시집의 서두를 여는 「시인의 말」에서도 확인할 수 있다.

지구별을 찾아 걸어오다가, 한참을 걸어오다가
때아닌
난기류에 휘말리고서
봄 동산에, 코로나와 함께 잠시 눈꽃 되어
너와 나
한恨 속에 파묻혀 있다.

– 「시인의 말」 부분

시인은 세상에 내던져진 존재이다. 이는 결코 필연성이 아니기에 이를 두고 인간을 피투된 존재라고 일컫는 것이다. 지금 시인이 처한 상황도 이와 다르지 않은데, 자아는 현재 지구별 속에 있고 거기서 한참을 걸어온 존재이다. 그런데 거기서 "때아닌 난기류에 휘말리"는 실존의 한계에 직면하고 있는 것이다. 이런 상황에의 직면과 이를 우회하고자 하는 것, 그것이 이번 시집이 추구하는 시인의 근본적 서정의 행보라 할 수 있을 것이다.

2. 존재를 알아가는 시쓰기의 행보

시인이 시를 쓰는 이유는 「시인의 말」에 그 일단이 드러나 있다. 우연히 "지구별을 찾아 걸어오다가" 만난 "때아닌 난기류" 때문이다. 인간의 유기성이 파탄된 지점에서 만나는 '난기류' 란 실상 우연적인 것은 아니다. 시인은 그러한 상황을 '때아닌' 으로 표현함으로써 어떤 우연적인 상황을 고려하고 있는 듯 보이지만 사실은 이런 상황이란 모든 인간이라면 피할 수 없는 원죄와도 같은 것이다.

지금 시인 앞에 놓여 있는 것은 전일성이 파괴된 상황이다. 이른바 자아와 세계 사이에 화해할 수 없는 단절의 강이 시인 앞에 놓여져 있는 것이다. 실상 이런 감각이란 근원적인 것이고, 자아와 세계의 불화를 생리적으로 받아들일 수밖에 없는 서정 시인의 경우에는 더욱 강하게 다가오는 것이 사실이다. 이는 시인에게도 결코 예외가 아닌데, 그는 지금의 현존에 대해 말할 수 있는 아무런 근거를 갖고 있지 못하다. 말하자면 시인은 지나온 과거와, 나아갈 미래 사이에서 어떤 뚜렷한 방향성을 갖고 있지 못하고 있는 것이다.

①산 등허리에 눈이 내린다. 연못가 가시나무숲, 잎 다 떨군 보리수나무 가시에 찔려 죽은 장콜레비 있다. 수액이 다 빠져나간 조금 비틀어진 채로 흑점의 하얀 배를 살짝 허공에 내보이고 있다. 평소 나무 타기를 동경하던 눈도 살짝 감긴 채 몸은 "ㄱ" 자로 축 늘어져 있다.

연못 위로 추억을 읽는 물결의 나이테가 오늘을 건너가고 있다.

불어오는 하늬바람 속
여름 날
그렇게 파랗던 연못도,
구석진 언저리를 자주 찾던 갈색 소도,
어느 날 천상으로 날아왔던 황새목 왜가리도,
허공 날며 수놓던 황금빛 날개잠자리도,

가시可視의 가시에 찔려
사라지고

바람에 떠밀려 가는
몇 그루
떡윤노리나무만이 무리를 지어 잎을 떨군 채
오늘 기도하며

그 자리에 서 있다.

걸어온 발자국이
보이지 않는다.

–「장콜레비」 전문

②밤 사이 새 한 마리가 누구한테 뜯겼다.

후박나무 가시 숲 아래 털만이 가득하다. 주인 없는 바람은 호수 주변 텅 빈 길가에 털만을 가득 나뒹굴게 하고 있다. 이별이란 단어를 아는지 모르는지 3월의 봄 동산은 하얀 목련의 꽃봉오리들을 호수 주변 이곳저곳에 띄우고 있다. 어디선가 새로운 바람이 불어온다. 나는 한갓 나그네였고 누구의 주인은 되지 못하였다. 쉰 즈음에,

새로운 포인트를 찾아
짐을 옮긴다.

지난주에는 꽝을 쳤지 않은가? 저 멀리 수면의 파장들이 사라지면서 무언가 변화될 게 있어, 기다려보자
밖은 여전히 차다.

나는 또 한 번 채비를 던진다.
새로운 수상 수초 섬 등을 향해

그러나,

지금 몇 시예요?

-「쉰 즈음에」 전문

「장콜레비」는 '도마뱀'을 일컫는 제주 방언인데, 여기서는 시인 자신에 대한 은유적 표현으로 구현된다. 생물학적 본능을 충족시키기 위해 이 도마뱀은 매우 열심히 살아온 것처럼 보인다. 하지만 그 삶은 우연에 따른 사고로 말미암아 종말을 고하게 된다. 무엇하나 만족할 만한 것을 이루어내지 못한 채 죽음으로 그저 조용히 사라져 버린 것이다. 그런데 시인은 이 '장콜레비'를 통해서 문득 자아의 이면을 발견하게 된다. 자신의 현존도 '장콜레비'의 그것처럼 어느 날 갑자기 사라진 채, 지금 여기에서 의미없는 형해로 남아 있을 수 있음을 깨닫게 되는 것이다. "오늘 기도하며 / 그 자리에 서 있다"라는 자아의 발견이 이를 증거한다. 거기서 시인은 자신의 존재라든가 실체를 잃어버리게 된다. 현재는 지나온 과거에 의해 만들어진다. 지금의 '나'란 걸어온 발자국이 만드는 것인데, 그 흔적은 지금 보이지 않는다. 흔적이 없다는 것은 과거뿐만 아니라 현재도 그와 비슷한 상태가 된다는 뜻일 것이다.

지나온 과거가 보이지 않고, 그리하여 지금 이곳의 실존이 규정되지 않는다면, 다가올 미래 역시 동일한 감각으로 다가오는 것은 당연할 것이다. 「쉰 즈음에」가 이를 말해주는데, 이 작품의 상상력도 「장콜레비」의 그것과 비슷한 지점에서 시작된다. 새의 허무한 죽음과 장콜레비의 유추가 동일한 영역에서 이루어지고 있기 때문이다. 하지만 자아의 시선의 방향은 매우 다르다. 앞의 경우에는 과거가 놓여 있었고, 뒤의 경우에는 미래가 놓여 있는 까닭이다. 「쉰 즈음에」에서 시인은 새의 처참한 죽음을 뒤로 한 채, 앞으로만 전진하고자 한다. "나는 또 한 번 채비를 던지게" 되는데, 그가 응시한 곳은 "새로운 수상 수초 섬"이다. 하지만 그곳으로 향한 시선은 "그러나, / 지금 몇 시예요?"라는 회의 앞에 사라지게 된다.

김공호 시인의 작품들은 실존에 대한 깊은 회의와 내성을 통해 길러지고 있다. 이런 감각은 현존의 불안과 분리하기 어려운 것이라는 점에서 존재론적인 것이라 할 수 있다. 그의 작시법이 시인으로서의 출발점에 서 있다는 것은 이런 이유 때문이다. 그리고 다른 한편으로는 그것이 '쉰'이라는 연륜에서 이루어진다는 점에서 무척 낯설고, 원숙적인 것이기도 하다. 이것이 그의 시의 출발이거니와 그런 특징적 단면들은 그의 표제시인 「달팽이 시인」에서 확인할 수 있다.

오늘도
더듬이 하나로 캄캄한 세상을 짚어나가는 시인
어두운 곳을 향해
이 밤
머리를 돌린다
갈 길이 막막한데도 가지 않으면
시를 쓸 수 없기에

온몸으로
풀숲을 헤쳐나가며 대지에 시를 쓴다
별 하나
보이지 않은 이 밤
혼자 기어가면서
꾸불꾸불
끊어질 듯 끊어질 듯 잎과 잎들을 이어가면서
남모를 시어를 풀잎에 남기며 간다

홀로 걸어간 뒤
한 줄의 시어들이 작은 풀 잎가에 걸앉아

밝은
내일의 삶을

움 틔우고 있다

-「달팽이 시인」 전문

앞의 두 작품의 소재가 동물인데 인용시의 중심 소재 역시 동물인 '달팽이'이다. 동물을 시의 중심 소재로 인유하고 있는 것인데, 실상 이런 작시법은 일찍이 시인 윤곤강이 도입한 바 있다. 그는 『동물시집』(1939)을 통해서 무뎌져 가는 현대인의 감각을 동물이 갖고 있는 원초성으로 회복하려 한 바 있다. 이런 면은 김공호 시인도 마찬가지의 경우라는 점에서 주목을 요한다. 하지만 이 두 시인 사이의 차이점 또한 분명한데, 김공호 시인은 동물 은유를 통해 실존의 의미를 확인하고자 한다는 점에서 무딘 감각을 일깨우려는 윤곤강 시인의 그것과 다른 지점에 놓여 있기 때문이다. 시인은 동물을 자기화하여 은유화시킨다. 달팽이가 시인 자신인 것은 이 때문인데, 시인 역시 자신을 '달팽이 시인' 이라고 함으로써 이를 더욱 뚜렷하게 확인시킨다.

달팽이가 천천히 세상을 향해 나아가듯 김공호 시인은 달팽이와 같이 "더듬이 하나로 캄캄한 세상을 짚어나가는" 자이다. 시인이 달팽이처럼 그 더듬이를 곧추세우고 가는 이유는 오직 한 가지이다. "갈 길이 막막한데도 가지 않으면 / 시를 쓸 수 없기" 때문이다. 시인의 현존은 지나온 과거와 나아갈 미래가 사라진 곳에서 시작된다고 했다. 그렇기에 시인이 자리하고 있는 현재는 오직 어둠으로만 다가올 뿐이다. 이 어둠이 시인으로 하여금 시를 쓰도록 추동한다. 그것이 시인 속에 내재된 서정의 샘일 것이고, 또 이를 언어 속에 담아내는 힘이 될 것이다. 시인의 표현대로 "밝은 / 내일의 삶"을 위해서 말이다.

3. 현존의 동일성을 훼손하는 음역들

김공호 시인의 시들은 겉으로는 잔잔하면서도 그 내면에 들어가면 매우 치열한 국면을 보여준다. 그 단면을 보여주는 것이 앞서 살펴본 것처럼, '달팽이' 의 모습이었다. '달팽이' 는 느리지만 자신이 목적했던 것을 결코 포기하지 않고 끝까지 이루어내는 동물이다. 이런 잔잔함, 혹은 치열성이 시인의 시를 만들어내는 귀결점이었던 것이다. 그렇다면, 시인은 왜 세상에 더듬이를 내밀고 끊임없이 나아가야 하는 것일까. 이는 자아와 세계 사이에 놓인, 서정시의 근본 특성인 불화의 정서와 밀접한 관련이 있을 것인데, 실상 이런 면들은 시인에게서도 예외가 아니다. 지나온 과거가 부재하고 다가올 미래가 불확실한 상태로 놓여 있는 것, 그것이 시인의 현존이었기 때문이다. 시인의 작품에서 이러한 현존을 유발시킨 계기랄까 원인은 몇 가지 지점에서 포착해낼 수 있다. 그 하나가 스스로를 '미생(未生)' 으로 규정하는 존재론적 불안 의식이다.

나, 여기 있음에
그러나 내일은 모른다

가을을 가로질러 날아가는 흑기러기들, 한 편대를 이끌며 남쪽의 겨울 나라로 날아간다

광활한 허공

미지의 곳으로

그들은,

오늘

왜 가야 하는지?

심해 파도를 가로질러 대양의 원천源泉을 찾아가는 연어들, 악어가 출렁이는 거센 강물을 사투로 건너가야 하는 물소들, 깜깜한 어둠의 땅속을 이 밤 몰래 속으로 속으로 찾아 기어 들어가야 하는 토룡들, 집 한 채 등에 걸머메고 넓은 세상 어디론가 길 찾아 홀로 기어가야 하는 달팽이들 있다

나는,
바둑판 속에 갇힌 미생未生 한 마리

그곳에
몸부림친다

–「미생」 전문

지금 시인은 '여기' 에 있지만 "내일은 모르"는 처지에 놓인 존재이다. 자신의 실존을 이렇게 규정하는 것은 지극히 당연한 것처럼 보이는데, 그것은 과거와 현재 사이에 놓인 방황 속에서 시인은 여전히 줄타기를 하고 있기 때문이다. 이 작품에서 시인은 그런 자신의 모습을 '미생(未生)' 으로 비유하고 있다. 사실 '미생' 이란 용어는 바둑에서 온 것이고, 그 존재성이란 아직 완전히 살아있는 상태가 아니다. 시인은 '미생' 의 상태에 놓여 있는 바둑돌처럼 자신이 아직 완전한 존재가 아님을 인식한다. 그러한 존재란 곧 불안과 밀접하게 결부되어 있는 것이고, 그렇기에 시인은 "그곳에 / 몸부림치"고 있는 것이다.

「미생」은 스스로에 대해서 미완의 존재임을 알리는 것인데, 이 시적 사유가 만들어지는 것이 매우 독특한 지점에서 형성되고 있다는 점에서 주목을 요한다. 무엇보다 서정적 자아는 스스로를 '미생'의 존재로 규정한 다음 이와 반대되는 것들을 열거하면서 자신의 상태를 더욱 극대화시키고 있기 때문이다. 여기에 등장하는 소재들도 앞의 작품들처럼 동물 상징이 매우 중요한 구실을 한다. 여기에는 다양한 동물들이 등장한다. 가령, 흑기러기가 있고, 연어가 있으며, 악어도 있다. 뿐만 아니라 물소들도 있고, 토룡들도 있으며, 달팽이들도 있다. 이들 동물이 보여주는 습성이랄까 행위들은 모두 귀소성과 연결되어 있다. 말하자면 본능의 영역을 생리적으로 탐색하고 있는 것인데, 이런 모습들이 시인의 눈에는 일종의 완결성으로 비춰진 다. 생의 근원으로 되돌아가는 이들의 행위야말로 모성적인 것, 근원적인 것과 분리하기 어렵게 결부되어 있다고 판단하고 있는 것이다. 반면, 이들과 비유되는 시적 자아의 모습은 어떠한가. 그는 자신이 되돌아갈 방향이 없거니와 또 지향해야 할 목적조차 뚜렷이 갖고 있지 못하다. 이른바 방향 상실 감각이 시인의 정서를 지배하고 있는 것인데, 이런 상황이야말로 회귀본능을 실천적으로 보여주고 있는 여러 동물들의 모습이 계몽적으로 다가왔을 개연성이 매우 큰 것이었다고 하겠다.

화순 숲 곶자왈 언덕배기 전망대

숲속 평원 위

갈색 잔디밭

점점이 앉은 들꿩 같은 찔레나무들, 그 곁 드러누운 석화 낀 까만 돌들

그곳에
누가 초청했을까? 목이 깨져 누운 갈색 빈 맥주병들
큰 가시로 눈 밝히는 녹슨 철조망 몇 가락
그리고 불청객인 나

잔디 풀밭에
흩어진 노루 뼈 한 무리 있다

곶자왈 숲 너머, 노루 한 마리

걸어가며
나를 슬쩍 바라본다

-「불청객」 전문

존재론적 불안과 더불어 시인의 작품에서 주목해야 할 시가 「불청객」이다. 이 작품은 소위 문명과 자연의 불화, 아니 보다 정확하게는 인간과 자연의 불화를 담아낸 시이다. 인간이 자연의 일부임은 당연한 것인데, 이 뻔한 당위성에도 불구하고 근대 이후 이들의 관계는 전연 다르게 정립되었다. 잘 알려진 대로 인간이 자연의 일부가 아니라 자연을 지배하

는 자로 자리바꿈한 것이다.

이런 자리 교대란 시인이 자신의 현존을 인식한 '미생'과 밀접한 관련을 갖는 것이라는 점에서 그 의미가 있다. 그것은 곧 영원성의 감각과 분리하기 어려운 것인데, 실상 근대 이전 인간의 삶을 지배한 감각은 영원성의 정서였다. 그것은 어쩌면 '미생'의 저편에 놓인 것이라 할 수 있는데, 인간이 자연의 지배자가 되면서 이 관계는 파탄을 맞이하게 된다. 하지만 문제는 단순한 파탄에서 그치는 것이 아니라 그것이 인간의 존재론적 불안과 긴밀하게 연결되어 있다는 점이다.

「불청객」은 인간과 자연 사이에 놓인 거리가 얼마나 큰 것인가를 잘 보여주는 시이다. 작품에서 보듯 자연은 전일성의 상태에 놓여 있었다. "숲속 평원 위 / 갈색 잔디밭"에 "점점이 앉은 들꿩 같은 찔레나무들"이 있고, 그 곁에는 "드러누운 석화 낀 까만 돌들"이 있었던 것이다. 하지만 이 조화의 지대에 새삼스럽게 불청객이 끼어들게 된다. 시인은 이를 좀 순화된 수준에서 표현하고 있지만, 사실 이들은 파괴자의 수준을 벗어나지 못하는 것이었다. 문명의 온갖 쓰레기가 놓여 있거니와 거기에는 시인 자신도 포함되어 있는 것이었다. 그 문명의 폐해가 만들어놓은 것이 "잔디 풀밭에 / 흩어진 노루 뼈 한 무리"이다.

이 작품에서 보듯 자연과 인간은 서로 화해할 수 없는 거리로 갈라져 있다. 일찍이 이런 거리를 사유한 시인은 소월이거니와 그는 「산유화」에서 이런 감각을 '저만치'로 표현한 바 있다. 물리적으로 가까운 듯하면서도 결코 좁혀질 수 없는 거리가 '저만치' 이다. 그러한 거리감은 김공호 시인에게도 동일한 정서로 다가온다. 그 상황이 "걸아가며 / 나를 슬쩍 바라보는" 노루의 모습으로 구현되는 까닭이다. 여기서 '슬쩍' 이란 소월의 '저만치' 와 등가관계에 놓이는 정서인데, 그만큼 자연과 인간의 사이는 서로 화해할 수 없는 거리로 분리되어 있는 것이다.

4. 수평적, 전일적 충만함의 세계

김공호 시인은 자신의 주관을 표나게 주장하지 않는다. 서정시가 주관이 강한 장르임에도 불구하고 그의 시들에서는 이를 감각하기가 쉽지 않은 것이다. 그만큼 그의 시들은 차분하고 조용한 편이다. 그는 이런 정서를 바탕으로 대상을 응시하고 거기서 서정의 샘을 만들어가고자 한다. 그 샘에서 길어올려진 자양분으로 존재론적 불안을 해소하고 삶의 완결성을 향해 나아가고자 하는 것이다.

시인은 주장하기보다는 보여주며, 독자는 그 응시 속에서 시인이 사유하고 있는 정서의 의미를 간취하고, 그것이 주는 폭과 함께 하고자 한다. 잔잔한 음성 속에서 만들어지는 그의 시들이 깊은 공감대를 형성하는 것은 이 때문이라 할 수 있다. 시인은 자신의 현존이 무엇인지에 대해 치열하게 고민

해왔다. 그 도정에서 그는 자신이 '미생'의 존재임을 깨달았고, 자아와 세계 사이의 거리, 구체적으로는 자연과 인간 사이에 놓인 커다란 틈을 발견하기도 했다. 이 틈이란 궁극에는 어떤 섭리라든가 조화감 곧 전일성의 상실과 깊은 관련을 맺고 있는 것이었다. 이런 문제 의식이 있었기에 그는 다시 미래로 향하는 발걸음을 옮길 수 있었다. 이는 지나온 과거와 다가올 미래 사이에서 자신이 나아갈 길을 상실한 경우와는 전연 반대되는 상황이라고 할 수 있다. 그 도정에서 시인은 전쟁과 같은 치열한 자의식, 곧 나아갈 방향감을 획득하게 된다.

태양이라는 놈은 화가다
아침마다
대지에 꽃과 향기를, 생화를 그려 놓고서
모두의 꿈을
다르게 달아 놓는다
벌 나비도
춤추며 달려오는 모습을 그린다
골마다
꽃 피며 소원이 다르게 달린다
한번
그려 놓은 그림이, 아니면
새 그림으로 바뀌나간다
오늘은
71년 전 태어난 사람을 대지에서 지우고 있다
파란 잔디 옷을 입혀 천국의 동산을 만든다

한번 그림이 완성되고 나면
화가는,
산 너머 구름 속으로 들어가 꿈의 동산을 꿈꾸다가
내일
또다시
세상으로 나와
새로운 그림을 그릴 것이다

–「화가」 전문

존재론적 전일성을 완성하기 위한 시인의 행보가 가장 먼저 닿은 것은 자연이다. 이 작품에서 태양은 자연의 전일성을 대표하는 상징이다. 아니 그것의 함의는 전일성이라기보다는 어쩌면 전능성에 가까운 것인지도 모른다. 자연이란 완전하기에 이를 전능성의 감각으로 이해하는 것도 가능해보인다.

태양은 모두에게 동일한 가치로 기능하지만 이를 수용하는 주체들은 경우에 따라 다른 모습이나 기능으로 수용한다. 이에 대해 춤으로 반응하는가 하면, 꽃으로 반응하기도 한다. 그리고 경우에 따라서는 사람을 대지에서 지우기도 하고, 그 지운 자리를 파란 잔디 옷을 입혀 천국의 동산으로 만들기도 한다.

그런데 태양의 이런 전지전능한 모습은 어느 한순간의 행위에서 그치지 않고, 시간마다 다르게 구현된다. "내일 / 또다시 / 세상으로 나와 / 새로운 그림을 그릴" 것이기 때문이다. 태양을 두고 이처럼 다양하게 반응하는 것은 욕망의 그림자 때문일 것이다. 반면, 그 너머에 있는 태양은 자연의 힘이랄까 항구성의 표현일 것이다. 그러한 전일성과 항상성이야말로 자연의 이치, 혹은 우주의 섭리일 것이다. 만약 이런 원리가 무매개적으로 수용되고, 아무런 욕망이 개입되지 않는다면, 시인을 '미생'으로 인도했던 것들, 혹은 "노루와 인간 사이에 놓인 거리"(「불청객」)는 해소될 것이다. 그것이 곧 영원의 감각이 아니겠는가.

억새꽃 천국, 하얀 바다

넘실넘실
파도 물결 출렁인다

산과 들

거기는
거지도 부자도 없는 곳

두 볼에
억새꽃 미소를 머금는, 하늘나라 순진한 아이들

산천에 피어난
즐거워하는 동자, 동자들

어디서
장끼 한 마리 날아와 앉아

까투리 꺼병이 있는 곳 찾아 기어든다

밝은 햇살
살랑거리는 바람, 오름 비탈에 서서

눈웃음치는 맑은 동자 동자들

-「하늘나라」 전문

자연은 유토피아로 구현된다. 시인은 그런 모양을 '하늘나라'라는 대단히 형이상학적인 국면을 동원해서 표현했다. 그러니 그곳은 이상적이고 관념적인 곳으로 나타날 수밖에 없다. 하지만 이곳이 저 너머 초월의 세계로 은유되었다면 이런 음역은 가능하지 않았을 것이다. 시인의 시들은 주관보다는 일상의 영역, 혹은 구체성과 밀접히 결부되어 있다. 그렇기에 그의 시들은 관념이라는 서정시의 약점을 적절히 비껴간다. 이 작품도 이런 일상성으로부터 길어올려진 것이다. 저 너머 초월의 세계, 곧 유토피아 의식을 관념적인 지대에서 가져오지 않았기 때문이다. 시인은 자연이라는 구체성, 지금 이곳에서 펼쳐지는 구체적인 현장에서 이 감각을 이끌어오고 있는 것이다.

자연이란 수평적인 세계이다. 그렇기에 여기에는 어떤 층위도 존재하지 않는다. 시인이 "거기는 / 거지도 부자도 없는 곳"이라 한 것은 이런 이유 때문이다. 이런 미분화된 세계, 위계질서가 지배하지 않는 세계가 자연이다. 이런 면에서 시인은 상징계 이전의 세계, 곧 오이디푸스 이전의 세계를 꿈꾸는 듯하다. 물론 이 세계에의 그리움을 지향한다고 해서 그의 시를 프로이트적인 맥락으로 깊이 이해할 필요는 없을 듯하다. 하지만 자아의 완결성과 일체화된 삶에 대한 그리움의 정서를 표명하는데 있어서 프로이트적인 감각이 전연 무관한 것도 아니다. "집을 나설 때, 눈높이 없이 / 주면 받아먹을 때 그때가 좋았다"(「거지덩굴」)는 상징계 이전의 세계, 곧 모성적인 세계와 분리하기 어려운 것이기 때문이다.

이제, 양말 한 쪽을 버려야 한다
평생 같이 했던 두 쪽
엄지발가락이 갔던 곳 눈에 잘 띄지 않은 먼 곳에 구멍이 났다
어려운 시절
남대문시장에서 두 켤레에 일만 원 주고 산 양말
새벽부터
발 부르트며
함께 걸어간 시간이 길다
바람 부는 어떤 날
주저앉으며
안 가겠다고 비토하던 면양말
그러나
험준한 산악마저 동행하며 오르고 또 올랐다

아기를 등에 업고 5일장 보러 온

아주머니도 보인다

평소 양처럼 순하면서 남의 흘린 땀을 말없이
감춰주던 면양말

내가 몰랐던 발바닥 먼 곳에
오늘은, 큰 구멍이 났다

또다시
구멍 난 곳을 기워 함께 다닐 수만 있다 하며

나는
기원해 본다

-「구멍난 양말」 전문

존재론적으로 완성된 세계나 모성적 전일성의 세계는 무엇보다 조화가 우선시되는 공간이다. 자아와 세계가 대립하는 서정의 갈등 역시 파편적 사고와 밀접한 관련이 있을 것이다. 시인은 그러한 상태를 자연의 이치라든가 우주의 섭리 속에서 구원받고자 했다. 그런데 그의 이런 구도자 의식은 자연과 같은 형이상학적인 차원에서 뿐만 아니라 일상의 차원에서도 지속적으로 천착되고 있다는 점에서 관심을 끈다. 「구멍난 양말」은 그 한 사례를 보여주는 시이다.

지금 서정적 자아에게는 자신의 삶과 함께 한 양말 하나를 버려야 한다. 평생을 함께 한 동반자이지만 “엄지발가락이 갔던 곳 눈에 잘 띄지 않은 먼 곳에 구멍이 난" 까닭이 다. 그렇지만 이 양말에 대한 시인의 정서는 애틋한 것이었다. 그것은 시인이 어려웠던 시절에 산 것이고, 또 "새벽부터 / 발 부르트며 / 함께 걸어간 시간이 길었기" 때문이다. 그 도정에서 양말은 그 본연의 임무만을 보여준 것이 아니다. 그것은 "아기를 등에 업고 5일장 보러 온 / 아주머니도 보이게" 했고, "양처럼 순하면서 남의 흘린 땀을 말없이 / 감춰주기도 했"다. 말하자면 양말은 시인의 일부가 되어 시인과 함께 살아온, 시인과 더불어 살아온 존재인 것이다.

그런 존재이기에 시인은 이 양말과의 작별을 서두르지 않는다. 아니 작별을 예비하는 것이 아니라 "구멍 난 곳을 기워 함께 다닐 수만 있다"고 사유하며, 그와의 영원한 동행을 꿈꾸고 있는 것이다.

이 작품은 사라지는 것에 대한 회한이며, 함께 한 사물에 대한 살뜰한 정을 담고 있는 시이다. 또한 짝을 이루는 것이란 궁극에는 함께 할 경우에만 비로소 그 존재의 의의가 있다는 것을 일러주기도 한다. 아마도 후자의 감각이 시인에게는 보다 큰 음역으로 다가왔을 것으로 이해된다. 그것은 결핍이라든가 결손이 있는 경우엔 조화라든가 일체적 감각은 가능하지 않다는 것을 시사해주고 있기 때문이다. 시인의 이러한 사유는 보금자리의 시절을 그리워한 시인의 삶(「몽당연필」)에서도 읽어낼 수 있고, 일상 속에서 끊이지 않고 지속되는 정자나무와의 조화로운 만남에서도(「정자나무」) 읽어낼 수 있다.

김공호 시인의 작품들은 조용하고 차분하다. 하지만 그러한 정밀함 속에는 새로운 지대를 향한 열망도 담겨져 있다. 그래서 그의 시들은 밖으로 뻗어나가려는 파장이 드세게 울려퍼진다. 이 파장 속에 담겨 있는 것이 다가올 시간에 대한 예비 의식이다. 지금 시인의 현존을 만드는 것은 자신을 지탱해줄 모범적인 과거도 아름다운 추억도 없다. 뿐만 아니라 다가올 미래에 대한 건강한 기대도 마찬가지로 남아있지 않다. 그래서 그는 지금 이곳의 현장에서 자신의 실존을 위무해줄 것들을 찾아 한 마리의 달팽이가 되어 더듬이를 힘차게 내민다. 그리하여 그 촉수에 걸리는 것들을 모두 모아서 이를 자신의 실존과 대비시키고, 존재의 불안에 대해 진단해낸다. 그리하여 시인은 이 불안한 현존을 넘어설 수 있는 매개를 향해 나아가려 한다. 여기서 중요한 것이 그 매개를 붙잡아 매 두는 일이다. 시인이 달팽이가 되어 미정형의 지대에 그 촉수를 내미는 것은 존재의 완성을 향한 끝없는 열망에 그 원인이 있다고 하겠다.

송기한 | 문학평론가, 대전대 국문과 교수

시와정신시인선 40
달팽이 시인

초판 1쇄 | 2022년 8월 25일

지 은 이 | 김공호
펴 낸 곳 | **시와정신사**
주 소 | (34445) 대전광역시 대덕구 대전로1019번길 28-7
신창회관 2층
전 화 | (042) 320-7845
전 송 | 0507-075-2874
홈페이지 | www.siwajeongsin.com
전자우편 | siwajeongsin@hanmail.net
공 급 처 | (주)북센 (031) 955-6777

ISBN 979-11-89282-36-3 03810

값 12,000원